Memorias

Juan Villalta

vagamundos

Colección a cargo de José Antonio López

Editado por Ediciones Traspies
www.vagamundos.org
foto@traspies.com

Con la colaboración de UFCA.

ISBN 978-84-936774-6-6
Depósito Legal: GR 3388-2009
Impreso en SanPrint, S.L.

El contador de historias

J. A. López

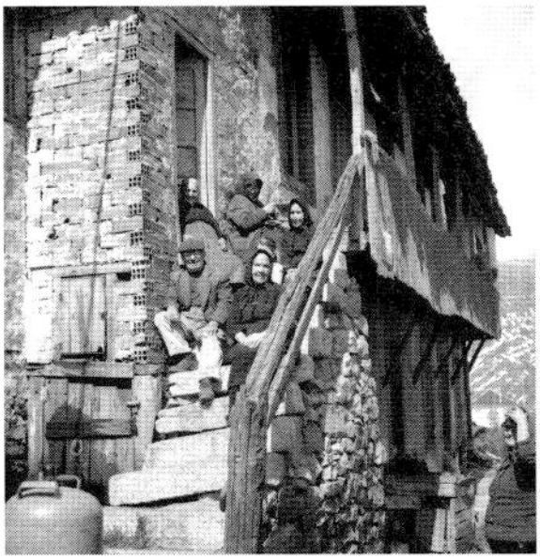

Veo, siento, luego noto, miro, pienso.
Roland Barthes

Quizás la cualidad más importante de una fotografía es que esté viva, que nos transmita algo, que no nos deje indiferentes. Y esa es la mayor virtud de la obra de Juan Villalta, su capacidad de hurgar en nuestro interior. Contemplando las imágenes de este libro uno no puede evitar sentir cierta añoranza. La fotografía de Juan, humana y directa, nos muestra, a base de pequeñas historias, fragmentos de una España que ya no existe. Sus imágenes poseen la inquietante virtud de trasladarnos a esa época, a un mundo en blanco y negro, que aún perdura en nuestra memoria. La nostalgia producida por sus fotografías nos hace recordar sensaciones que el tiempo se niega a borrar.

Juan desde muy joven quiso ser director de cine; de hecho sus fotografías siempre las ha enfocado como guiones cinematográficos. Pero una vez que te pica el gusanillo de la fotografía es imposible resistirse a plasmar todo aquello que ves, y mucho más difícil no dejar tu impronta en todo lo fotografiado. Así, Juan, con el devenir de los años, ha ido acumulando infinidad de negativos, miles de fotografías que, repartidas por su vida, escapan totalmente a su control. Por un lado, aquellas que él preparaba con mimo y dedicación, fotografías articuladas como las películas que nunca haría y para las que inventaba historias, componía decorados… Por otro, esas fotos encontradas al azar, esas a las que todo el pueblo se prestaba, a la vez que solicitaban, cada vez que salía a la calle con su cámara.

Sin formación fotográfica y con una notable carencia de referentes, aprovecha su instinto innato para captar la esencia del momento. Por un lado, esa dicotomía (las fotos que él buscaba y las que encontraba), siempre presente en su obra; por otro, una mirada sin contaminar (sin base académica ni referencias) y, para finalizar, el cine (ambición frustrada por un lado y clara influencia por otro), han sido los elementos catalizadores que han ido conformando su obra, dotándola de esa ingenuidad característica a la hora de enfrentarse al personaje de una manera franca y directa.

Pero lejos de la intención inicial, el devenir del tiempo nos ofrece una lectura distinta de su obra, ahora, en la distancia, podemos apreciar cómo, concentrándose en el individuo, Juan ha conseguido preservar la memoria de una comunidad como la tarifeña, una pequeña localidad que bien podría representar cualquier otro pueblo de cualquier lugar. Un impecable trabajo etnográfico, donde refleja una época, no exento, por otro lado, de interés artístico. Siguiendo la línea iniciada por Maspond, Terre, Masats o Vieitez, Villalta logra colocar la fotografía del sur en el mapa.

Juan, como el contador de historias que es, insiste en la importancia del proceso. "Pienso antes de sacar la foto. Visualizo la imagen y la historia en mi cabeza, antes de echar mano a la cámara", nada queda al azar. Memorias es un recorrido por su obra donde el propio Juan, como si formara parte del proceso, nos revela la historia contenida en cada fotografía, es su propia voz la que nos guía en ese viaje por una España que se niega a perecer en el olvido.

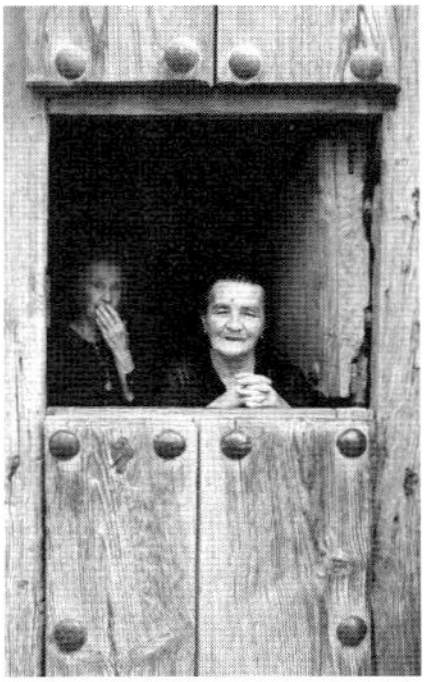

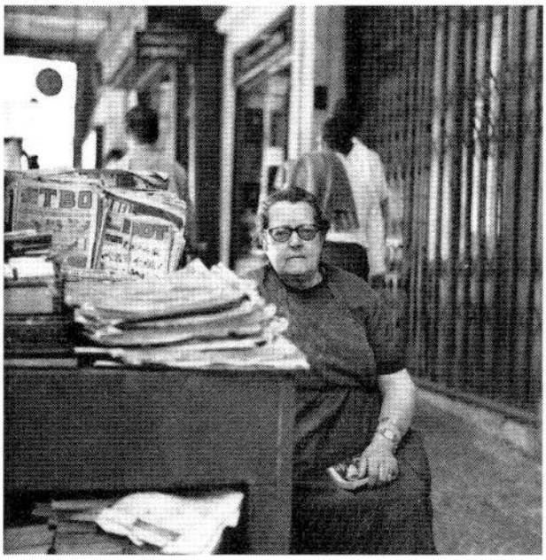

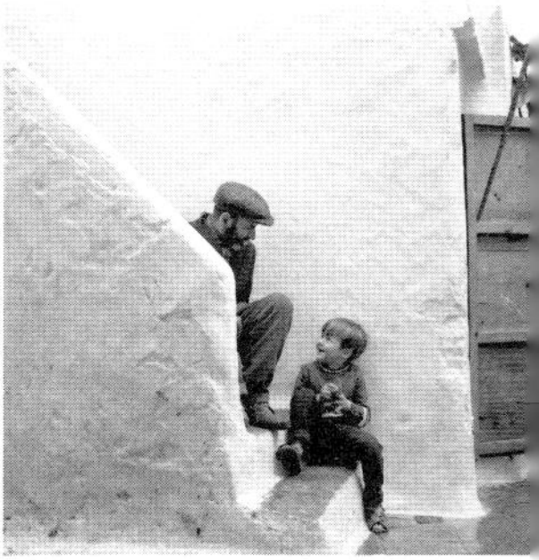

memorias

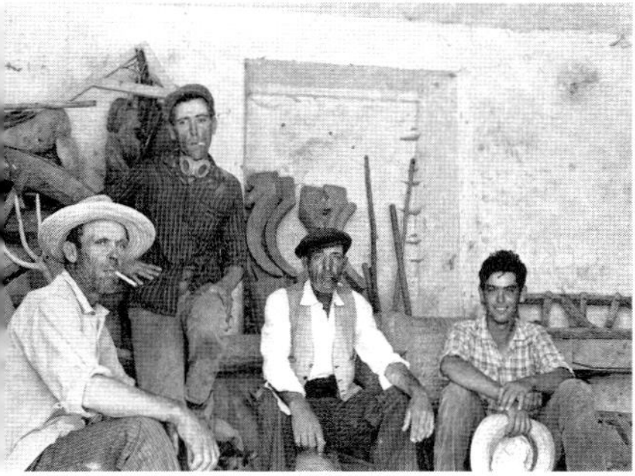

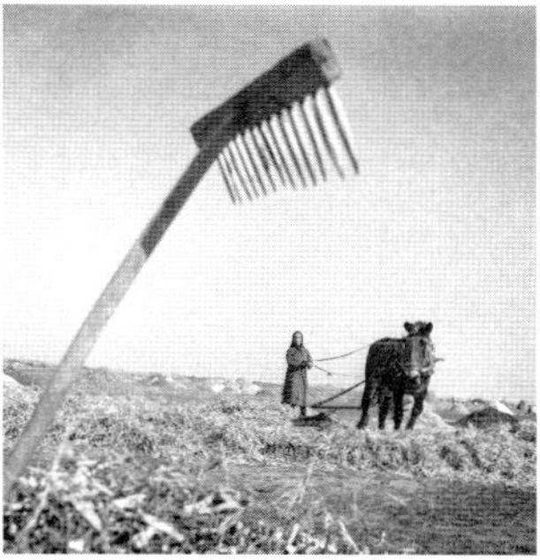

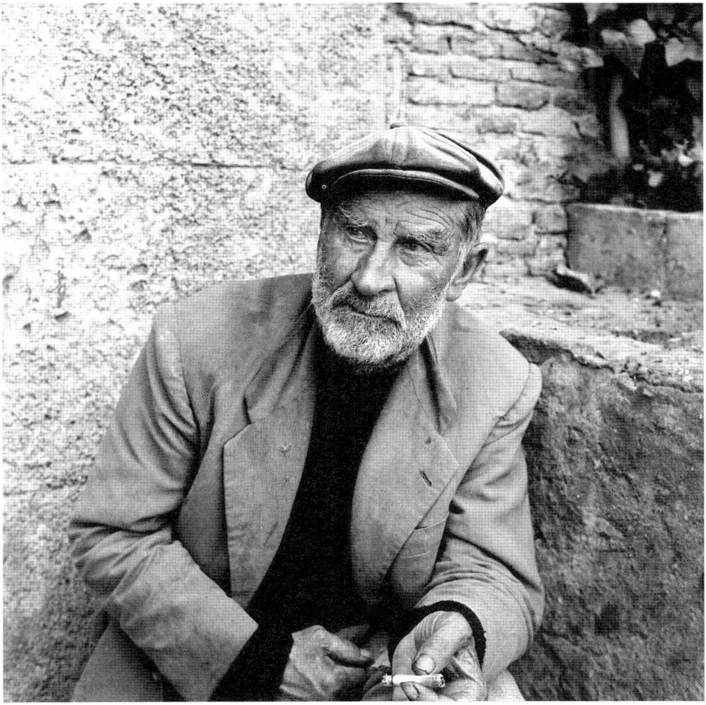

Retrato
Tarifa. Cádiz

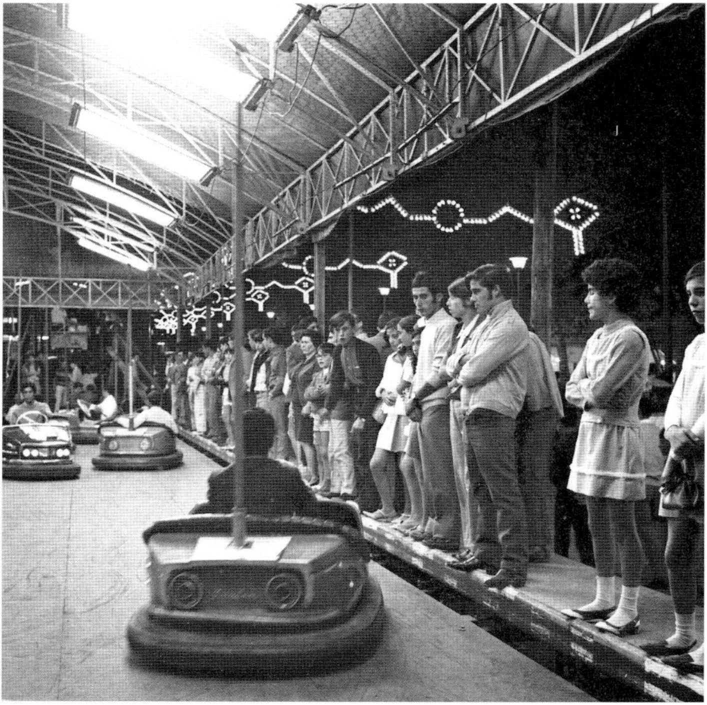

Autos de choque
Tarifa. Cádiz

De siempre me ha gustado la feria. Son de esos días, tan alegres y coloridos, que te apetece sacar la cámara. Muchas veces uno hace fotos sin más y es luego cuando las aprecia, como ésta, que ha acabado teniendo un éxito que no me esperaba.

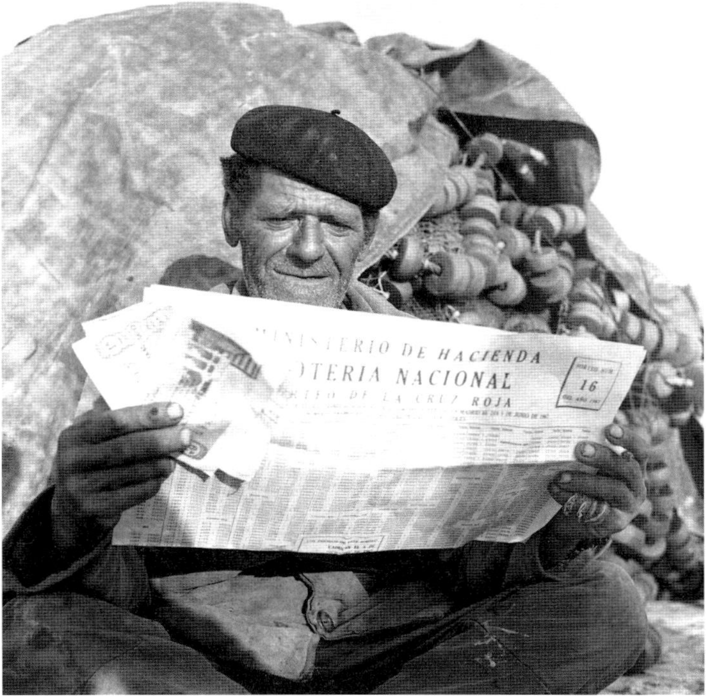

Un gran amigo
Tarifa. Cádiz

Esta es una foto muy especial ya que este hombre era muy agradable y cariñoso, como la mayoría de los pescadores. Pero al poco tiempo de hacerle esta foto salió a la mar a ver si cogía algún pescadillo y en esto vino un transatlántico, partió el botecito por la mitad y lo mató. La fotografía también tiene sus recuerdos tristes.

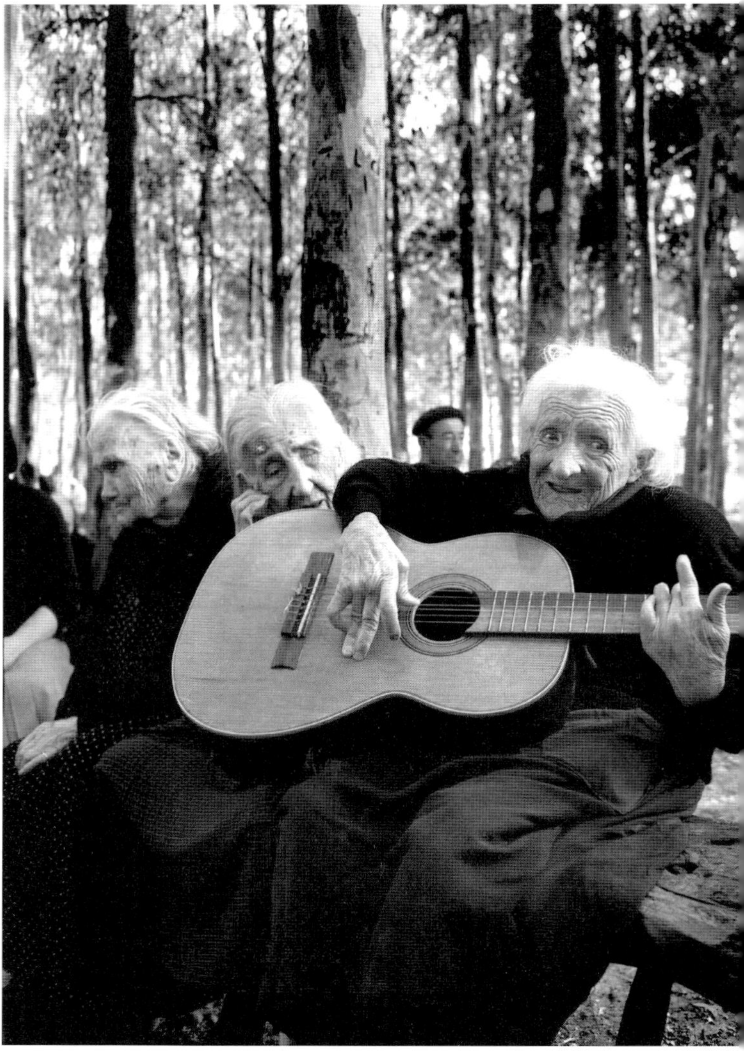

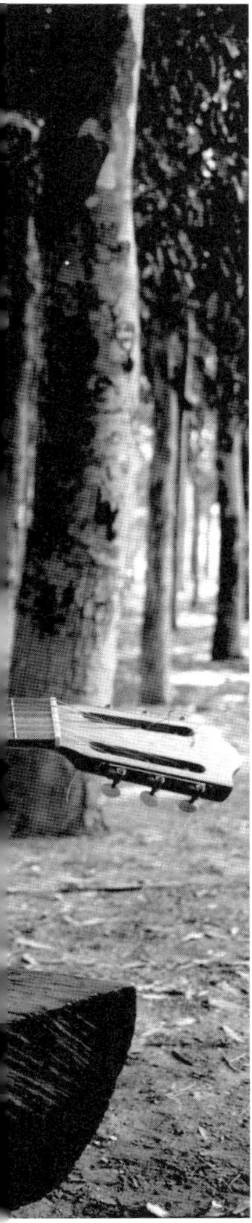

Los alegres noventa
Tarifa. Cádiz

Las monjas del asilo llevaron a los ancianos a la ermita, donde está nuestra Virgen, no es la Virgen del Rocío pero para mí es mejor, la Virgen de la Luz. Estaban todos muy animados esperando la paella, cuando a estas viejecitas les di una guitarra y les dije -toquen ustedes lo que quieran, venga, un chacarrá (fandango tarifeño)-, el típico baile de Tarifa, y se pusieron a tocarlo y yo a aplaudir y a cantar. Por esta foto me dieron un premio de 25.000 pesetas en Barcelona. Fue un éxito porque, al tratarse de un concurso de la tercera edad , todas las fotografías que recibieron eran más bien tristes: ancianos en un cementerio, viejos llorando, o sentados en un banco medio dormidos, y entonces a esta fotografía, dos señoras con noventa años tocando la guitarra, le dieron el primer premio. Esto fue en el 75 o así.

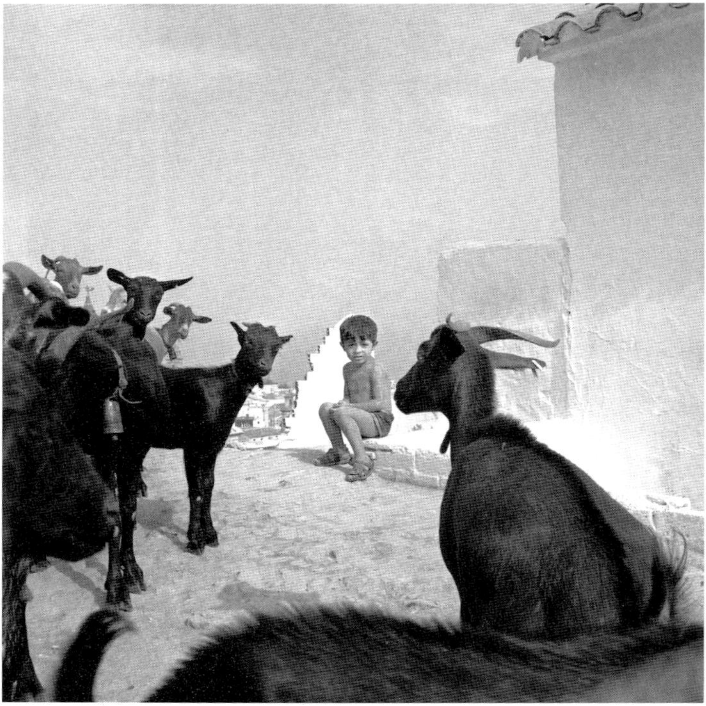

El cabrero de Antequera
Antequera. Málaga

Una de las veces que fuimos a Antequera, a una reunión de fotógrafos, no recuerdo bien. Este es un pueblo muy bonito y, paseando por el casco antiguo, en la parte alta del pueblo (entonces yo podía subir a los sitios) me encontré esta imagen. Tuve que esperar un rato para conseguir la foto. La paciencia es muy importante en la fotografía.

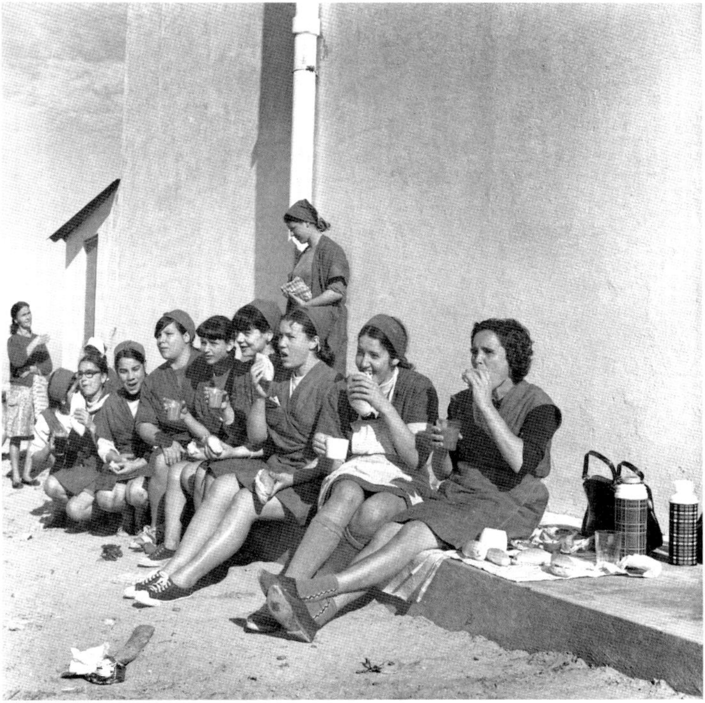

La hora del desayuno
Tarifa. Cádiz

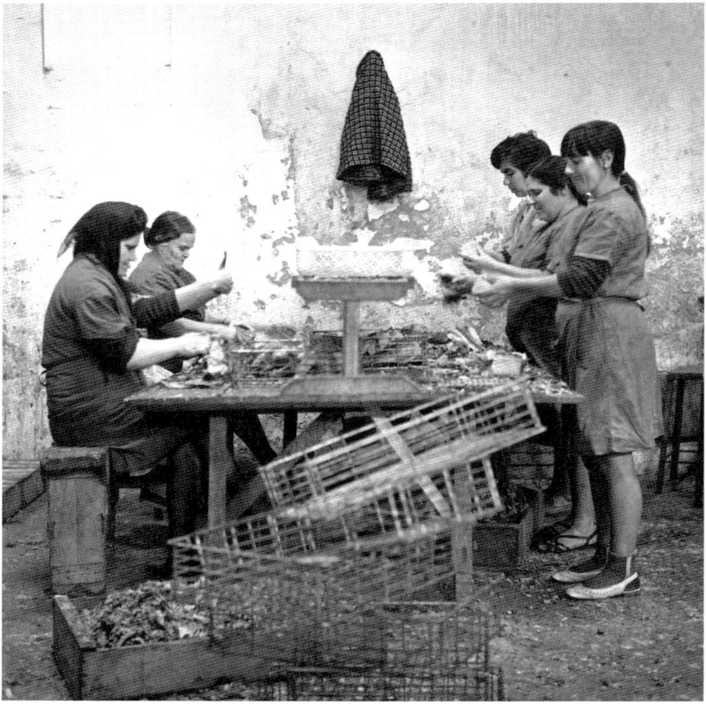

Trabajadoras de la vieja fábrica
Tarifa. Cádiz

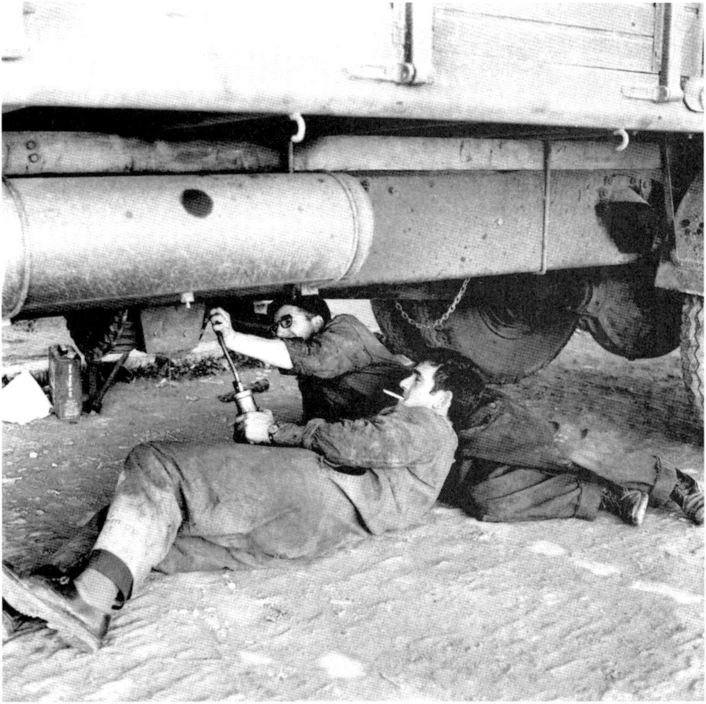

Los mecánicos
Tarifa. Cádiz

A mi sobrino se le antojó que le hiciera una fotografía mientras que quitaba un palier o algo, una avería gorda que tenía el camión. La foto le gustó mucho, sobre todo porque se la regalé.

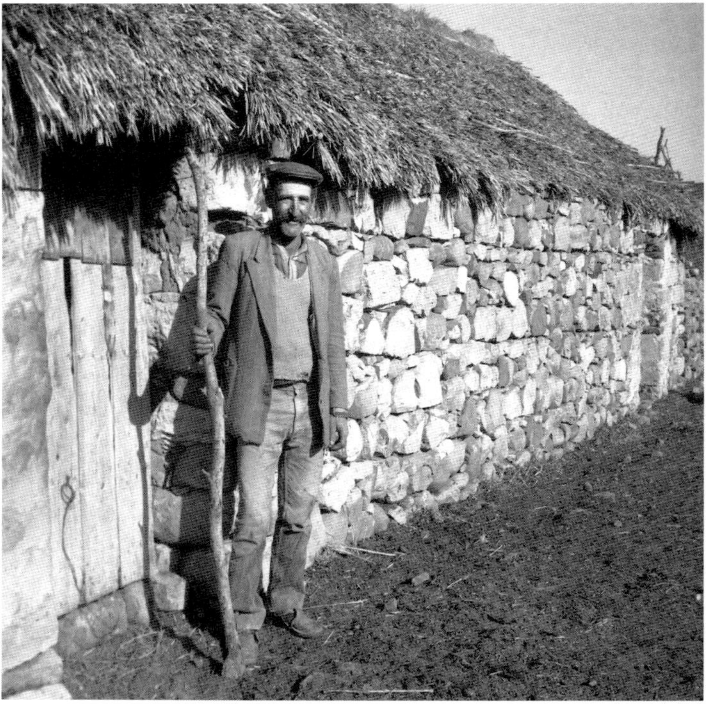

El pastor del bigote
Tarifa. Cádiz

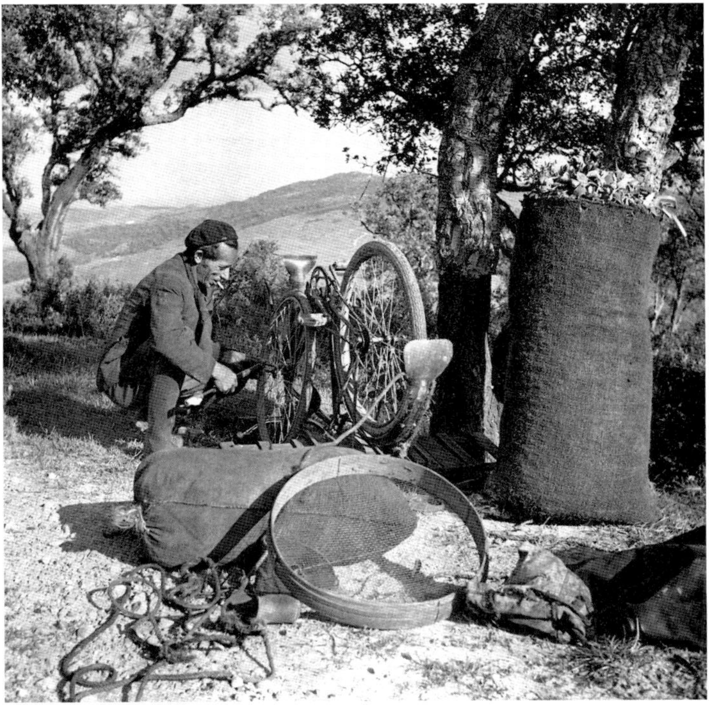

El piconero
Tarifa. Cádiz

Esta es de esas fotos que no tienen mucha historia, paseando me encontré a este señor reparando su bicicleta, con la que hacía el reparto del picón para los braseros. La mayoría de mis fotos van buscando algo, casi siempre temas que me pedían en algún concurso, y ésta fue para el de las bicicletas, aunque ahora no recuerdo donde era. Para mi ésta es una foto interesante, pero parece que al jurado no le gustó mucho.

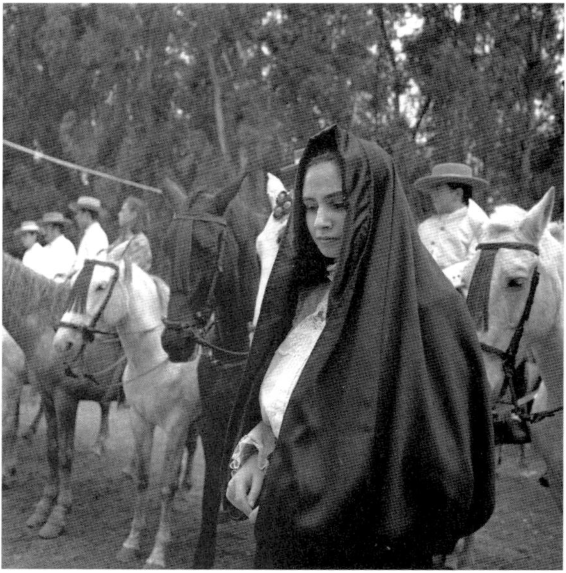

Día del Caballo

Tarifa. Cádiz

La Romería de la Luz se hace en septiembre. El primer domingo del mes traen a la Virgen desde la ermita, que está a unos diez kilómetros, hasta la iglesia mayor, acompañada por 500 caballistas; esto es lo más interesante. Al cabo del mes, que es lo que duran los actos religiosos, las novenas y demás ceremonias, es cuando tiene lugar la romería, y la gente acompaña a pie a la virgen de vuelta a la ermita, pero ya sin caballos, y, claro, no es lo mismo.

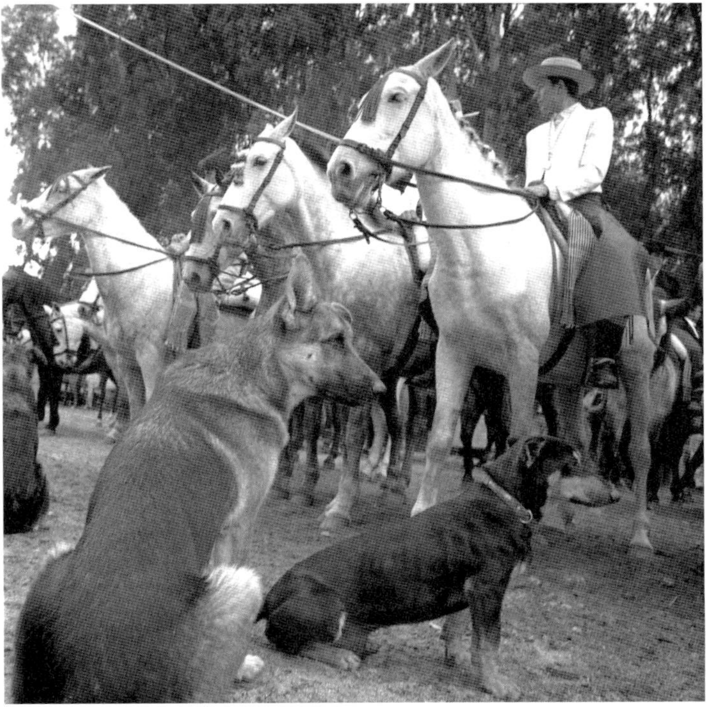

Día de reyes
Tarifa. Cádiz

En Valencia se organizó un concurso sobre el juguete y un día, dándole vueltas a la cabeza, me dije: “¡Qué idea más original!”. Como yo siempre me he llevado bien con los curas de la parroquia y en aquel momento en la iglesia había unos monaguillos muy graciosos, ya sabes lo que dicen “Si quieres tener un hijo pillo mételo a monaguillo”, entonces cogí a estos dos y cuando les di los barcos se querían ir a la playa, pero no era esa mi idea y los coloqué en la pila de agua bendita. El cura no lo vio mal, incluso le pareció gracioso, vamos, que me dio su permiso. Luego la foto pasó por el jurado de Valencia sin pena ni gloria, pero al cura le gustó mucho.

Fíjate, ahora esos monaguillos son los policías municipales de Tarifa; ya no ayudan en misa, se dedican a poner multas.

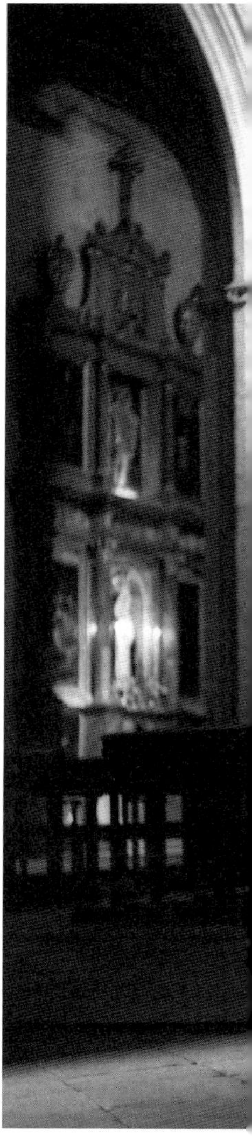

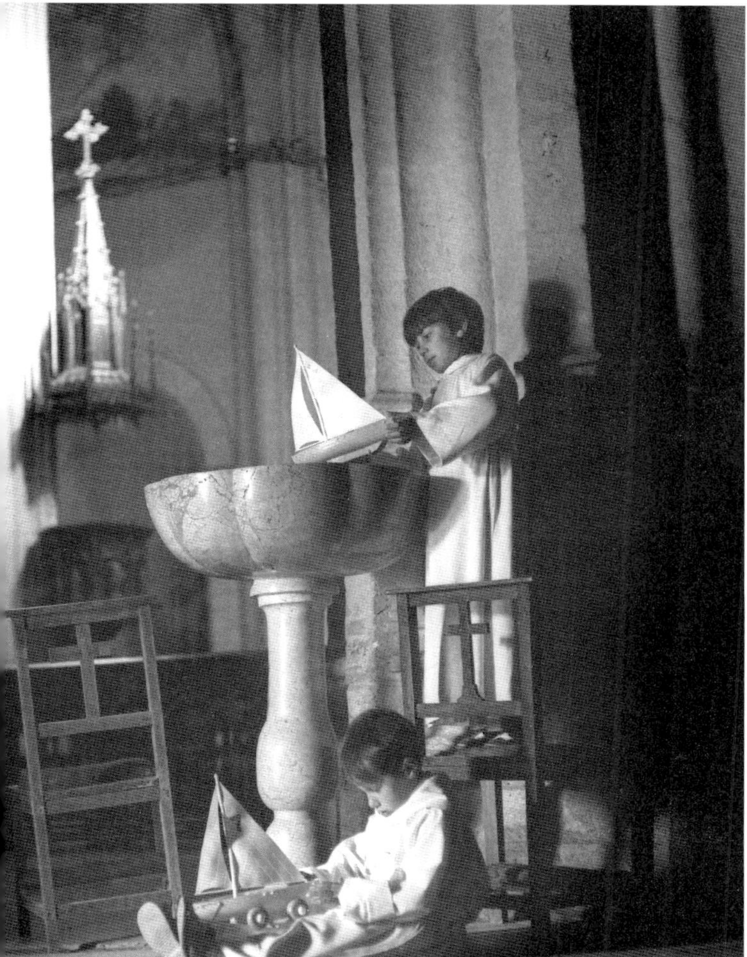

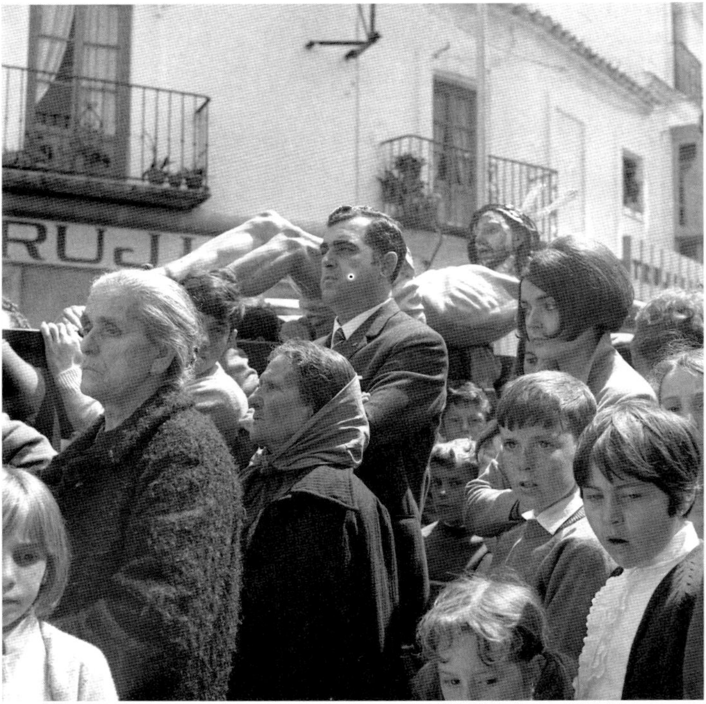

Vía Crucis
Tarifa. Cádiz

El Vía Crucis, que se hace todos los Viernes Santos, tiene momentos muy intensos, sobre todo en los años 70, en que las mujeres iban con el pañuelo y el mantón. Aunque ahora se vive más, porque el sacerdote se sube a los balcones y cada palabra la dice en un sitio; después siguen con el Cristo de calle en calle hasta completar las siete palabras. Es muy bonito y mantiene la devoción por el Cristo de la salud.

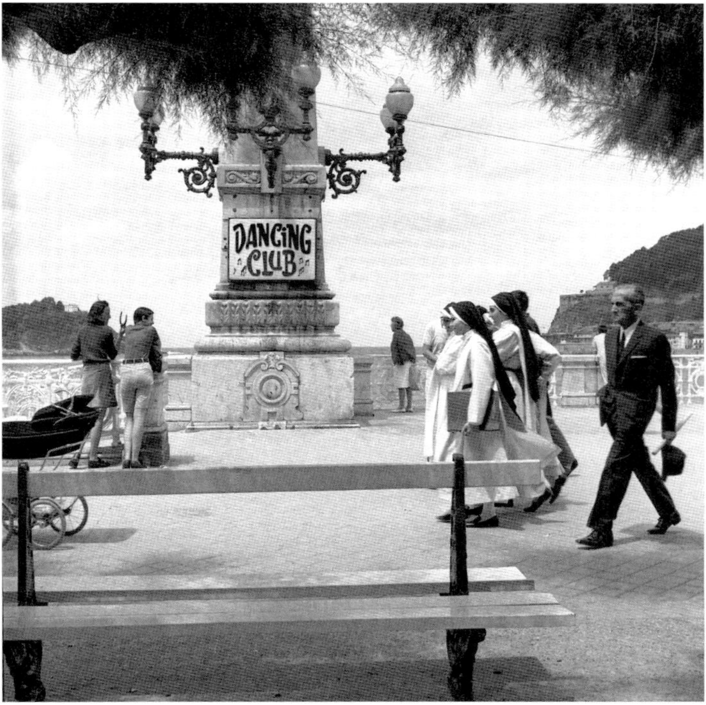

Dancing Club
San Sebastián

Un viaje a San Sebastián que hice. Paseando hacia la playa vi este letrero: "Dancing Club"; por lo visto habría allí algún local de esos de cachondeo nocturno, y justo en ese momento pasaban por delante las monjas.

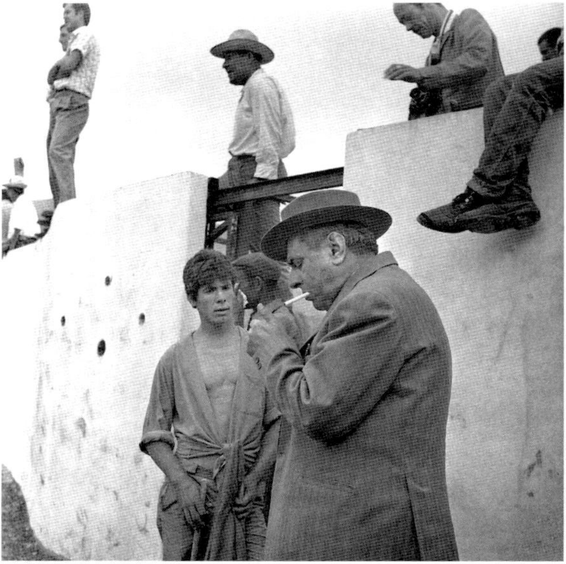

Los maletillas
Tarifa. Cádiz

Esta serie tiene para mí un significado especial, pues resulta que los maletillas prácticamente han desaparecido debido a las escuelas de toreo. Éstos eran chavales que querían ser toreros; iban por los caminos buscando una oportunidad, algunos incluso aprovechaban las noches de luna llena para colarse en las fincas a dar unos pases, o saltaban a las plazas sin permiso. En estas fotos podemos ver cómo eran, recorrían los caminos buscándose la vida, toreaban donde podían o buscaban quién los representara, un apoderado que les echara una novillada en cualquier pueblo donde empezar su historia. Hoy ya no existen, porque ahora, con las escuelas de tauromaquia, se hacen figuras incluso antes de salir al ruedo.

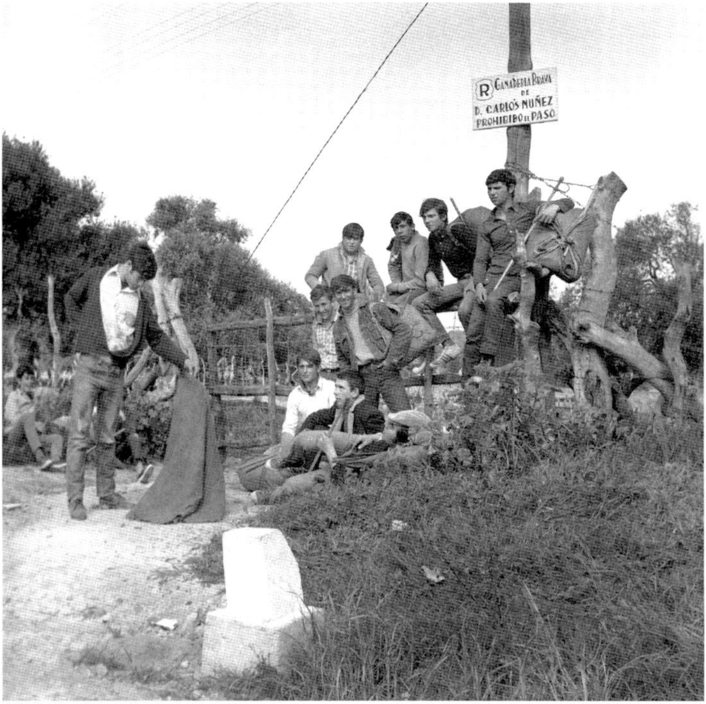
R
GANADERIA BRAVA
DE
D. CARLOS NUÑEZ
PROHIBIDO EL PASO

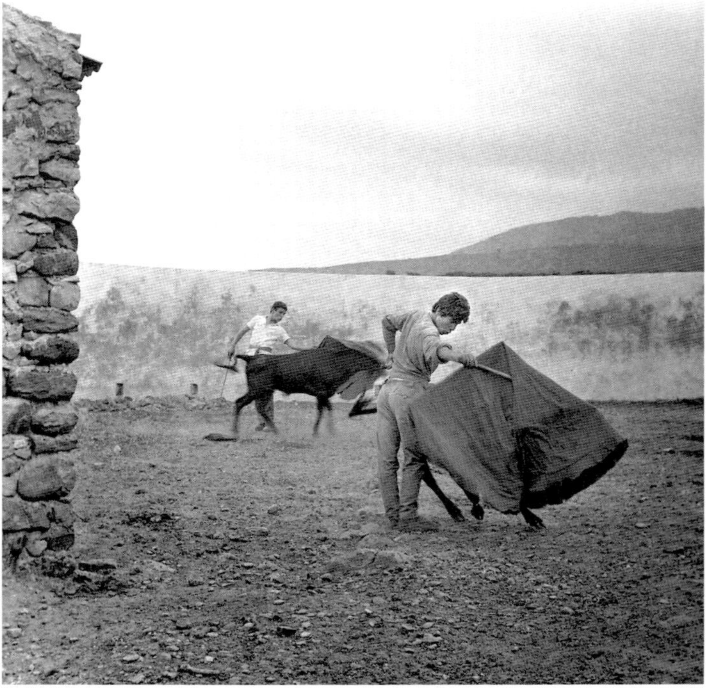

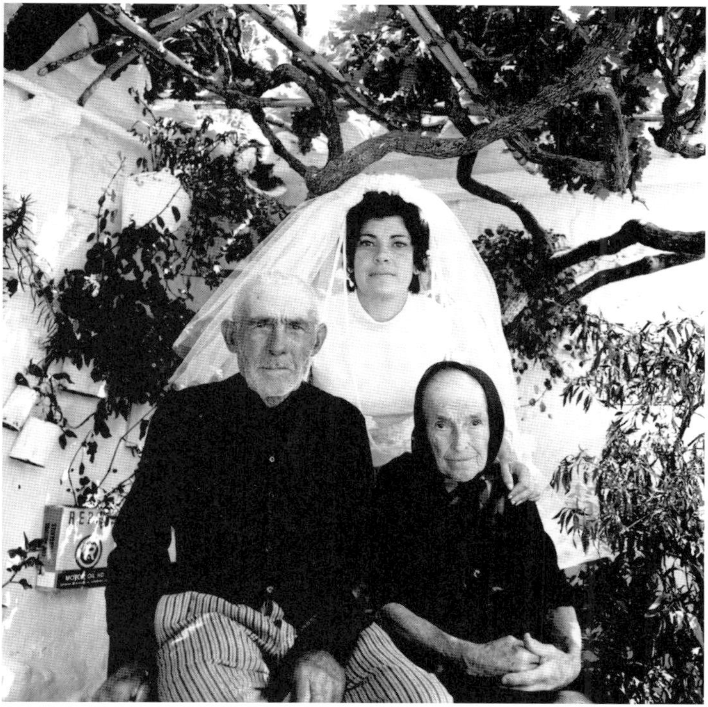

La despedida
Tarifa. Cádiz

La novia es sobrina mía,;se casó y le hice una foto con los abuelos. Fue un momento triste, era una manera de despedirse de ellos ya que, al marcharse con su marido, se quedaban los dos viejecitos solos. La cadena de la vida.

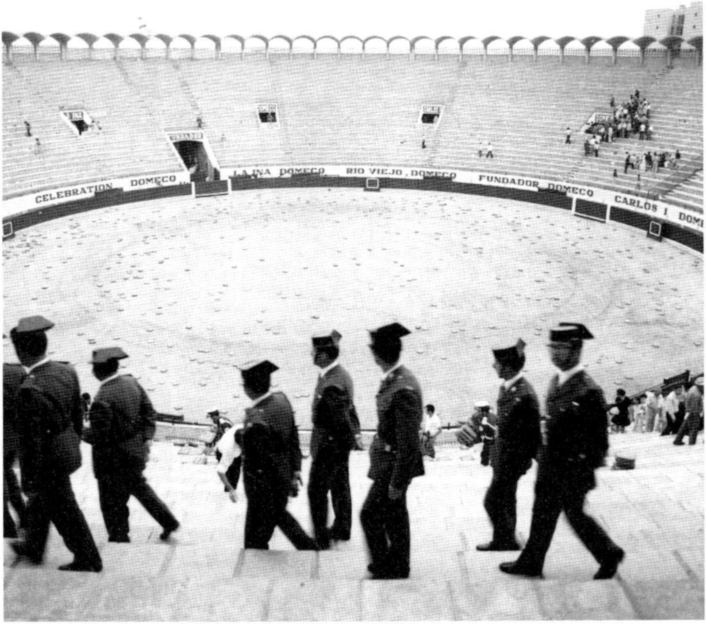

Mala tarde

Algeciras. Cádiz

Vino a Algeciras Curro Romero y tuvo uno de esos éxitos que dicen que tenía, y que yo no vi nunca; le tiraron tantas almoadillas porque nadie se explicaba cómo pudo matar al toro, aunque al final lo mató. Yo me esperé a que el ruedo estuviera vacío con la idea de fotografiar la plaza llena de almoadillas, pero en aquel momento salió la Guardia Civil, la Benemérita, y entonces me dije: "aquí está la foto".

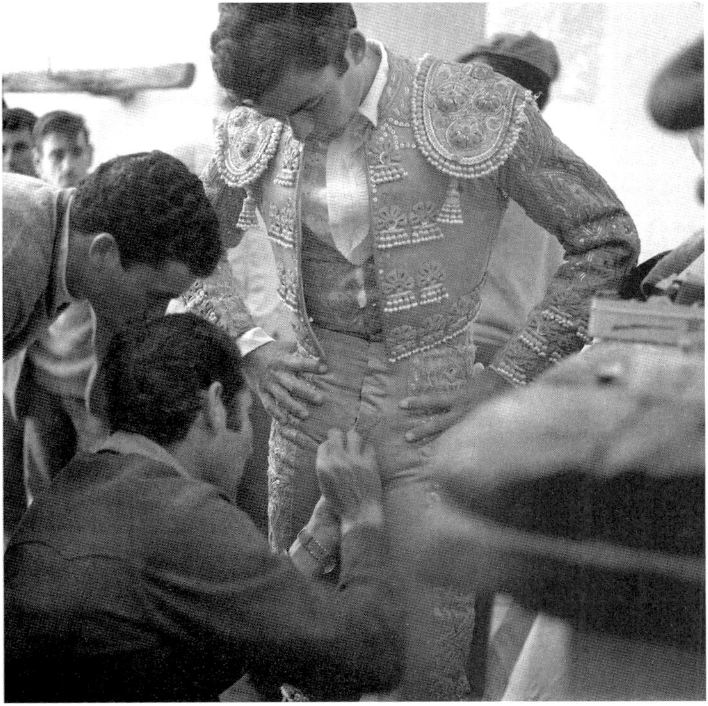

La taleguilla
Tarifa. Cádiz

Paquirri toreó dos toros en Tarifa a puerta cerrada, el ya tenía una historia. Antes de empezar, mientras preparaban la plaza, se le rompió la taleguilla, y claro, se la tuvieron que coser. Y yo aproveché el momento.

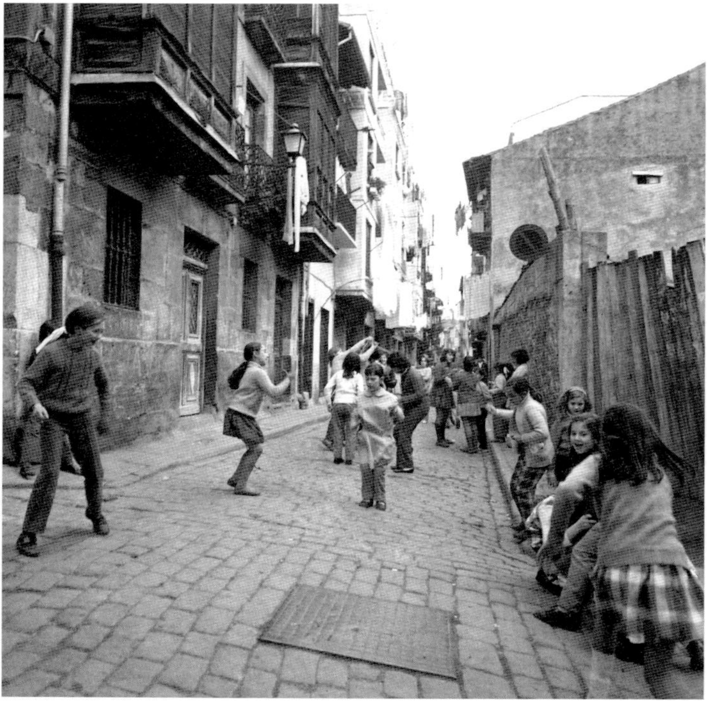

Jugando a la comba
Bermeo. Vizcaya

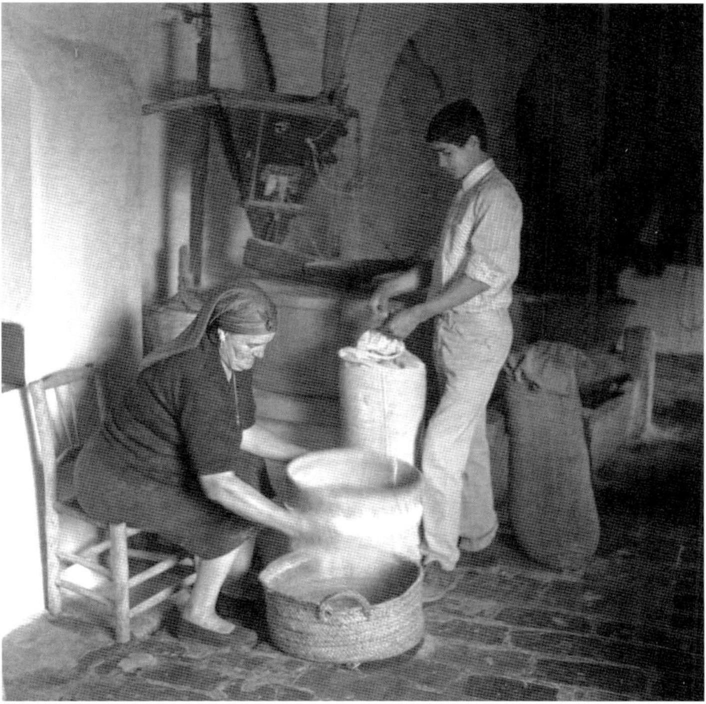

La panadera
Tarifa. Cádiz

La familia Peinado Chico tenía su molino cerca de la ermita de Nuestra Señora de la Luz; molían el trigo con el que se hacía el pan macho, típico de Tarifa; que todavía se sigue haciendo y con el que se preparan las migas o el gazpacho.

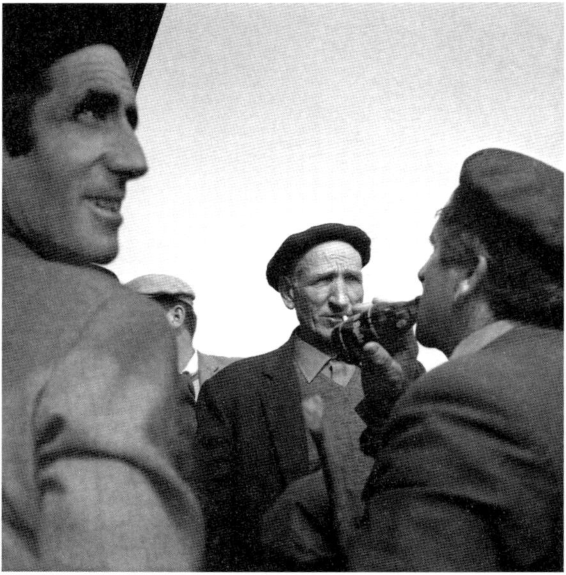

El trato
Ávila

En el bar que tenía conocí a mucha gente y entre ellas un maestro de Ávila que estaba destinado aquí, en Tarifa. A este hombre le dio por la fotografía y quiso que yo le enseñara un poco. Yo le dije: "mira, yo no te puedo enseñar nada de fotografía, te puedo enseñar cómo las hago yo"; en fin, que a él le entró el gusanillo y terminó comprándose una cámara. Una de las veces que me invitó a ir a su casa, en Ávila, me llevó a la venta de ganado que hacen allí, junto a la muralla.

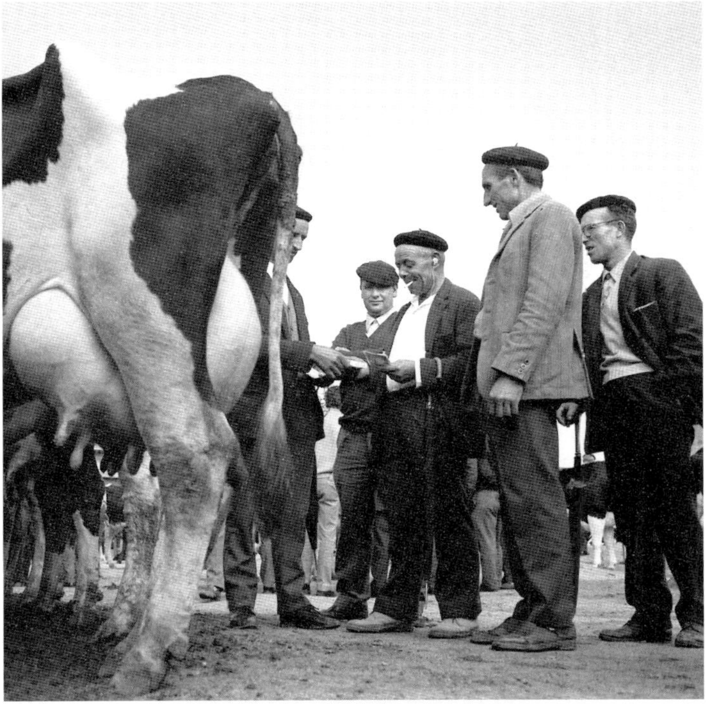

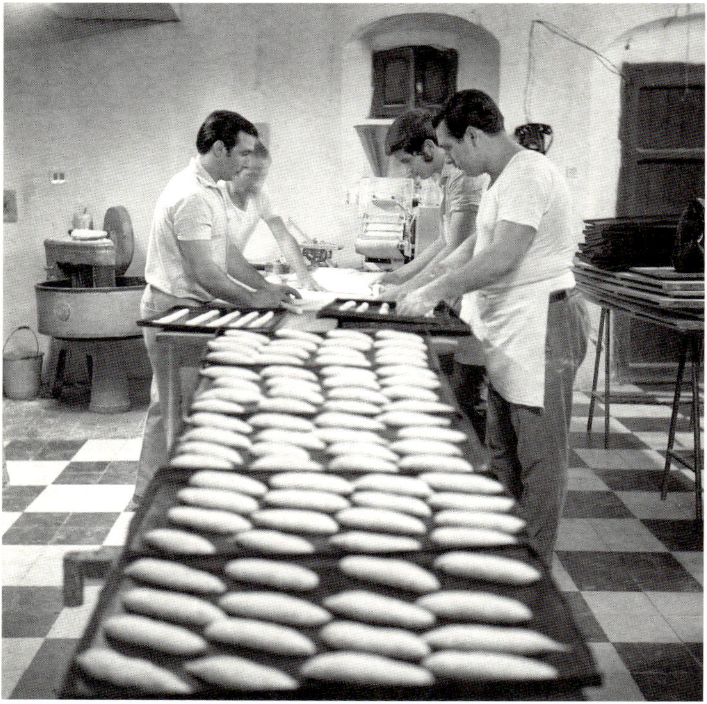

Panadería Nuestra Señora de la Luz
Tarifa. Cádiz

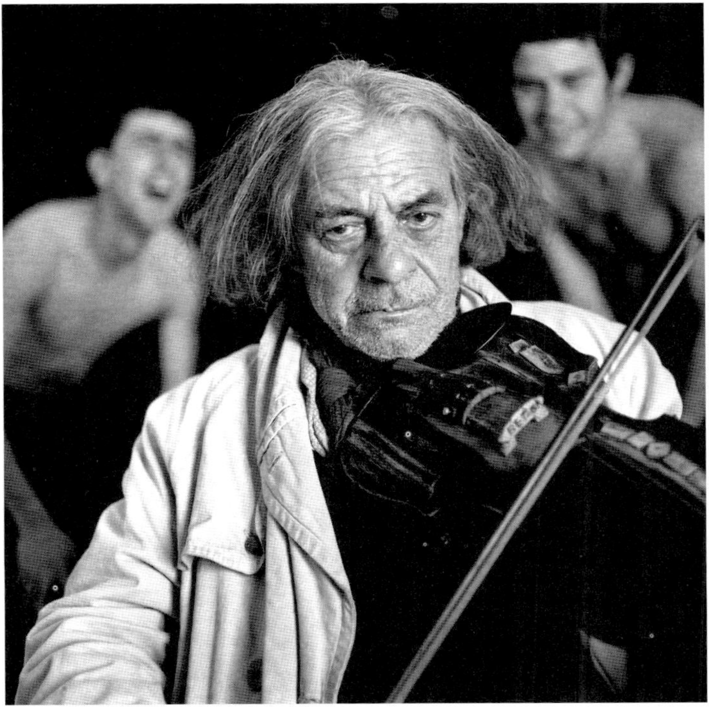

Beethoven
Tarifa. Cádiz

Le agradaba mucho que le hicieran fotos. Se levantaba a las cinco de la mañana y empezaba con las copitas, de lo que fuera. Claro, cuando llegaba el mediodía empezaba a tocar. Así le puso el pueblo, Beethoven, porque lo mismo tocaba un instrumento que otro; pero en realidad él no tocaba, todo ocurría en su imaginación. Por supuesto la foto está hecha en un bar.

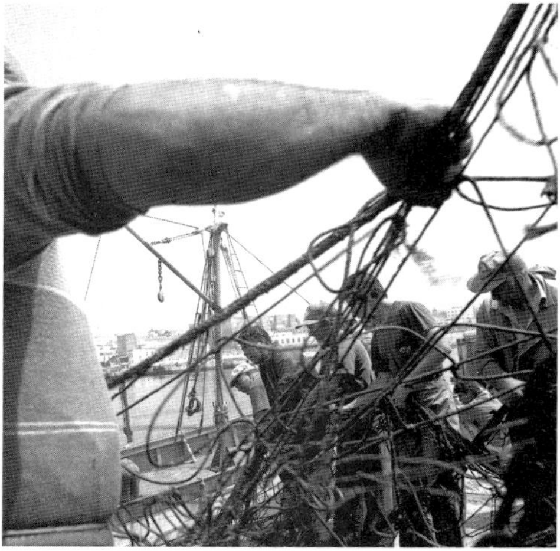

La Almadraba
Tarifa. Cádiz

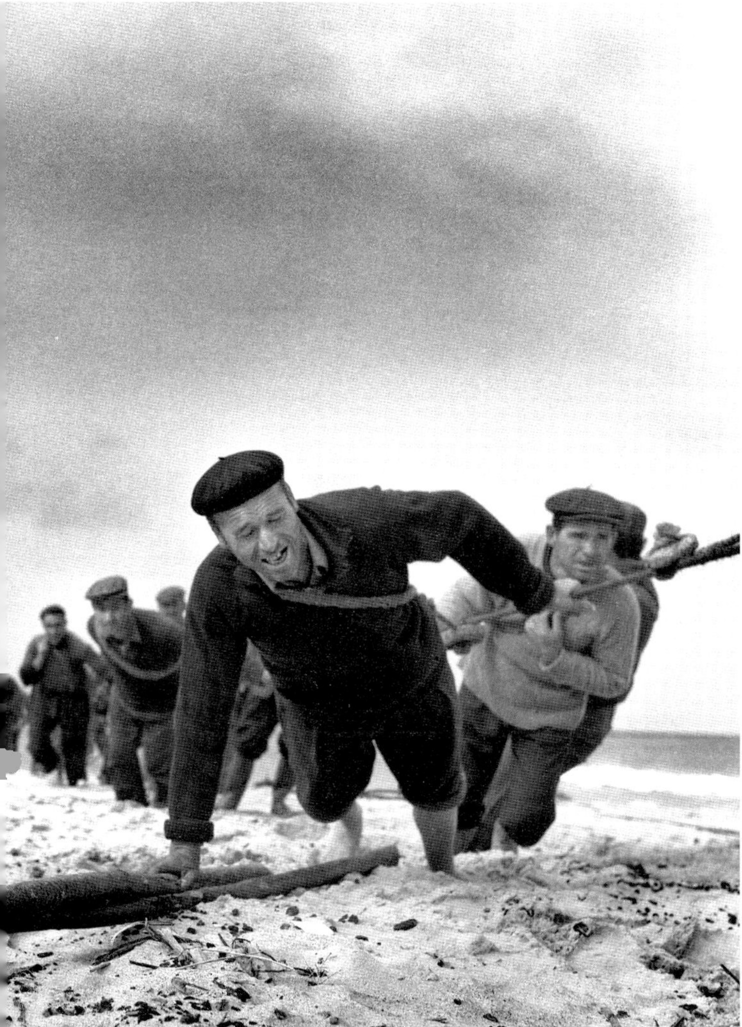

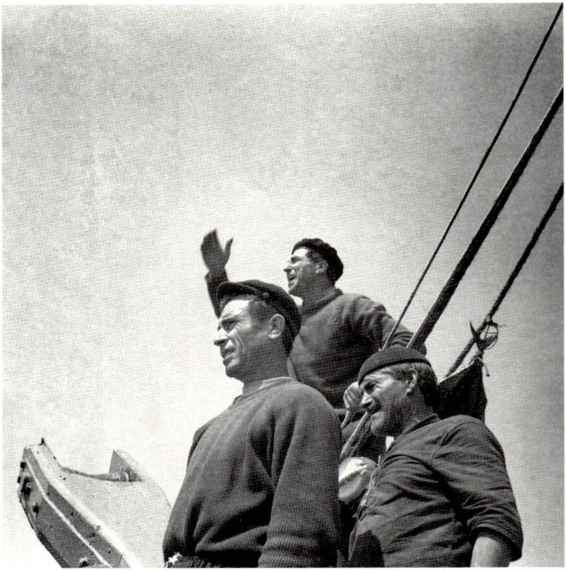

En esto de la almadraba hay dos tipo de pesca: la pesca del derecho y la pesca del revés. Aquí es al derecho, que es cuando vienen los peces a desovar; entonces es cuando pasan por Tarifa, Barbate, Zahara y Conil. Al revés es la de La Línea, que es cuando vuelven de desovar.

Me embarqué con los pescadores varias veces. Es un trayecto corto, que termina cuando acorralan a los peces. El momento más emocionante es cuando empiezan a salir; van achicando las redes hasta que los atunes salen a la superficie, éstos saltan e intentan salvar la vida y los marineros empiezan a subirlos a bordo con los bicheros, uno a uno. Es un espectáculo increíble, te emocionas tanto que se te pone el vello de punta.

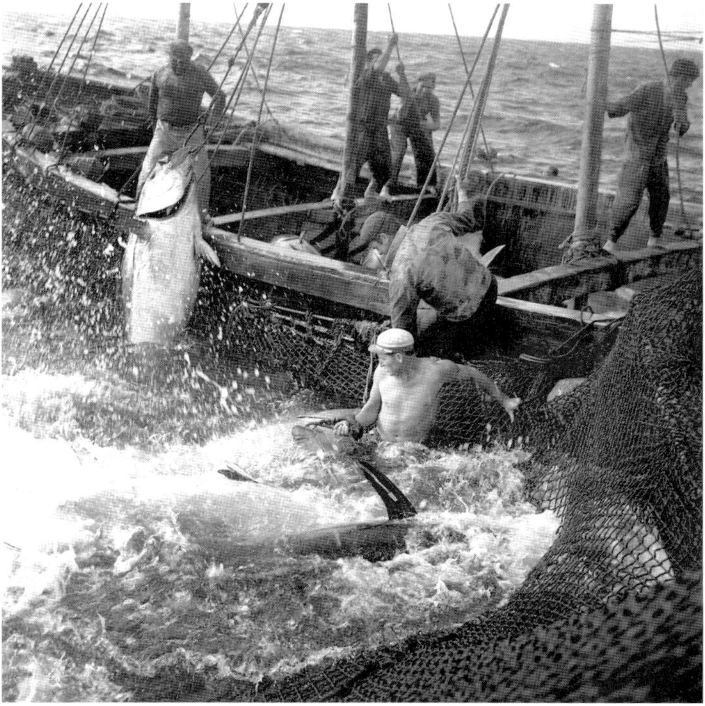

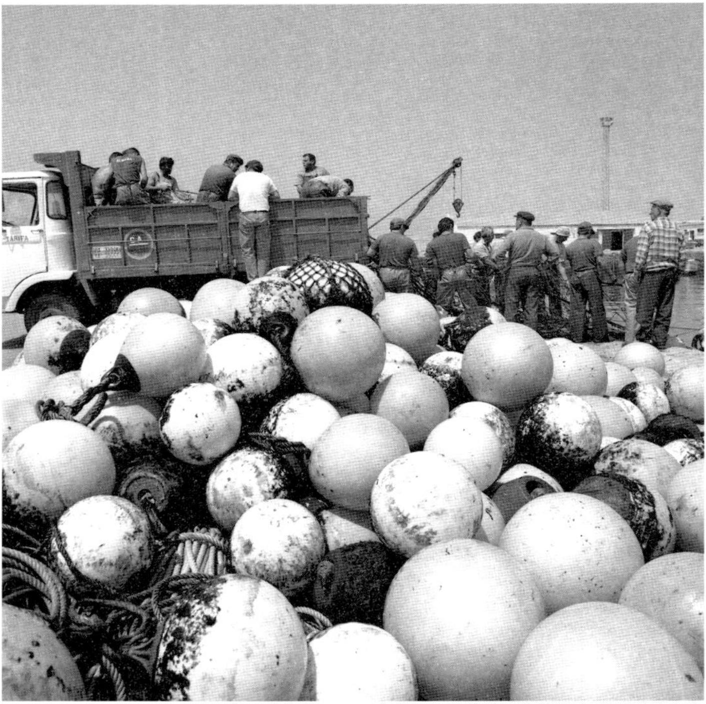

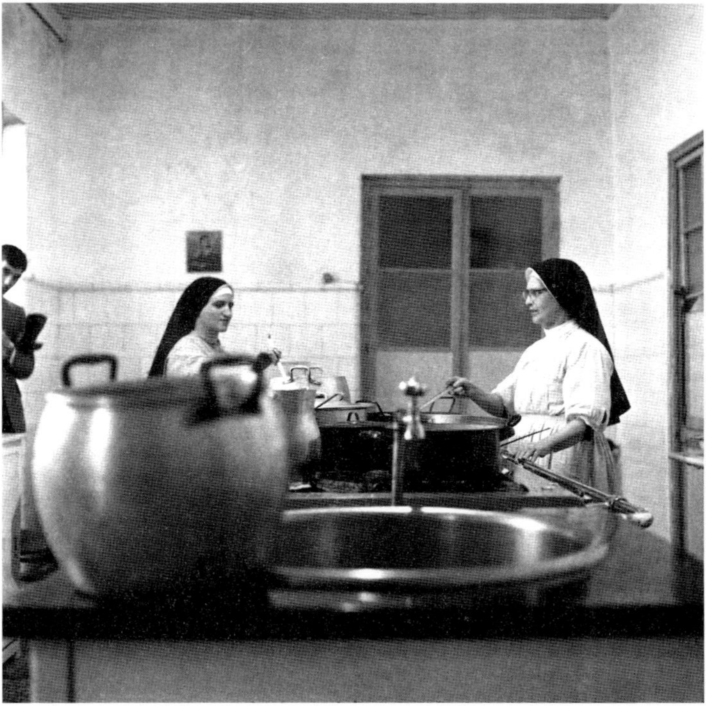

La monjas del asilo
Tarifa. Cádiz

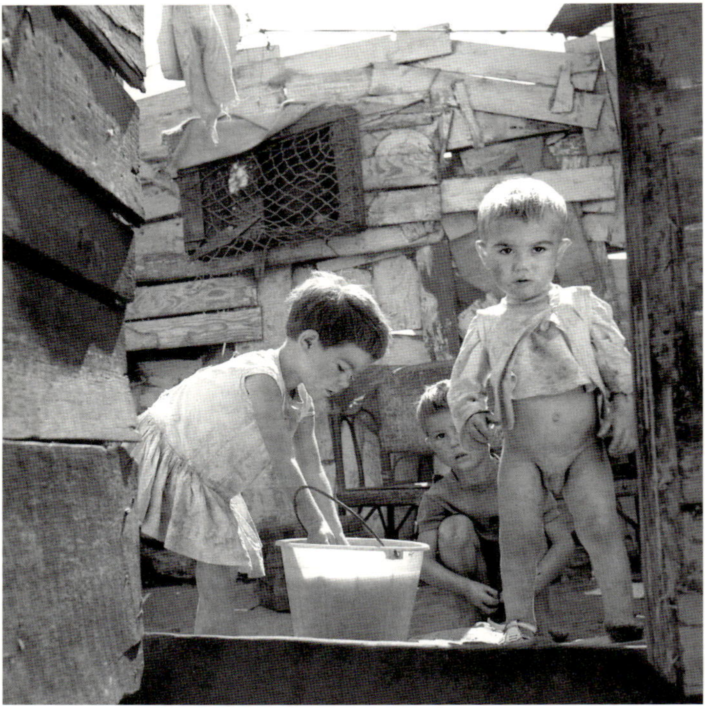

Niños de Bolonia

Tarifa. Cádiz

Iba a Bolonia, que entonces no era la playa de ahora, buscando temas para fotografiar, cuando encontré a estos chavales. Era la época de la dictadura, pasaban hambre; han pasado ya… ¿40 años? Y ahora estos niños, que no se quiénes son, seguramente se habrán hecho millonarios con el turismo; y ,sin embargo, fíjate cómo están ahí. Era otra época, la dictadura.

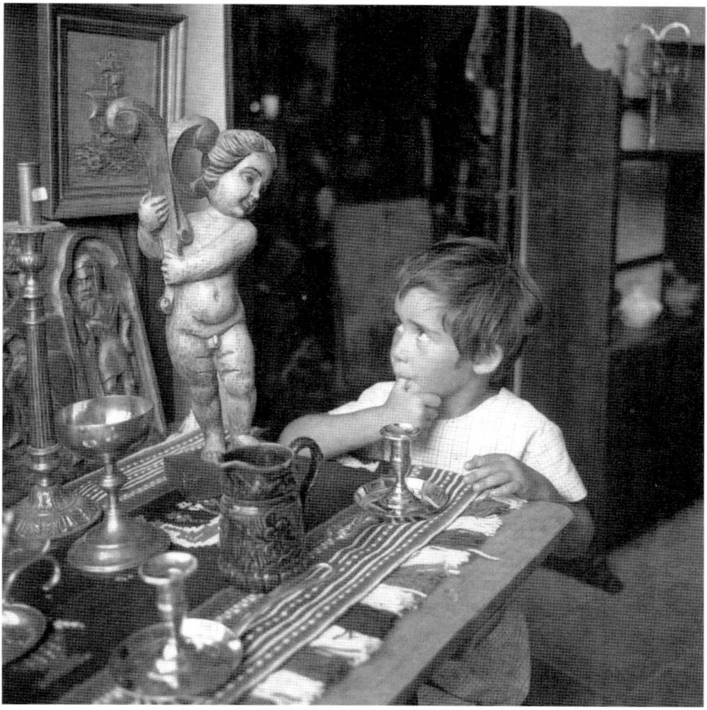

Angelitos
Ronda. Málaga.

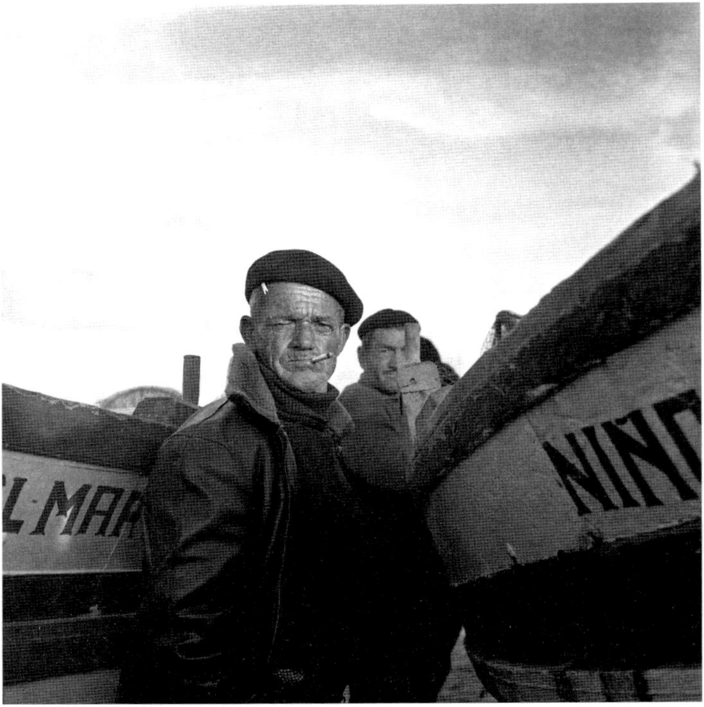

Pescadores de la atunara
La Línea. Cádiz

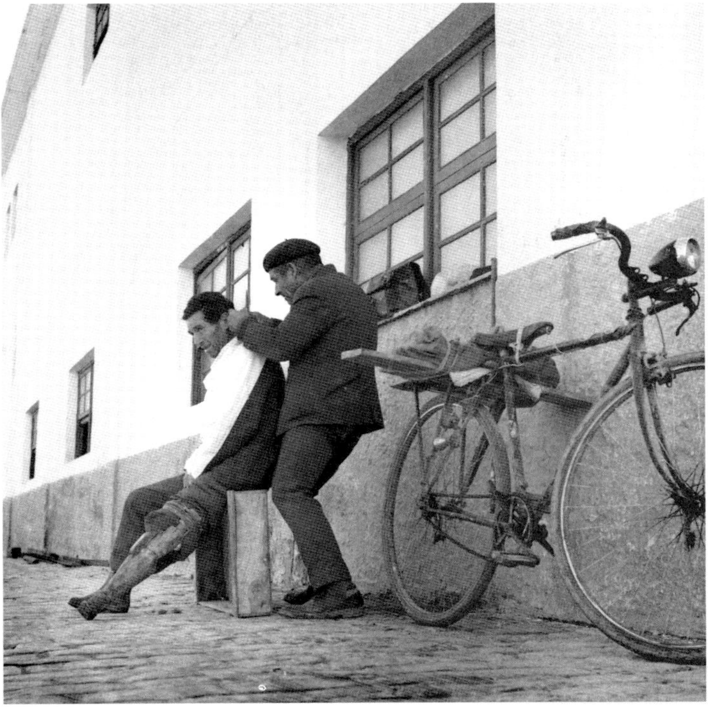

El barbero del puerto
Ceuta

Este señor iba todas las mañanas al puerto con su bicicleta a atender a su clientela; allí cualquier lugar le servía de barbería. Verlo afeitar a este hombre, que sólo tenía una pierna, con su pata de palo, en el puerto, me recordó las novelas de piratas.

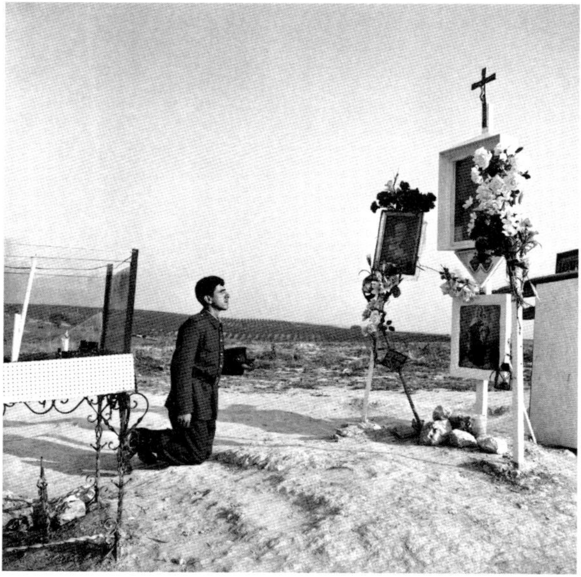

El Palmar de Troya
Utrera. Sevilla

Iba para Madrid y, al pasar por Utrera, vi un pequeño altar con una virgen; me resultó curioso y paré un rato. En aquel momento llegó un soldado, al poco un señor con un burro, y, claro, el tema me encantó. Ahora en el lugar del altar hay una catedral imitando al Vaticano que llaman el Palmar de Troya. Todo esto comenzó con una aparición, luego crearon el altarito y entonces llegó el Papa Clemente. Ahí hay una larga historia de la que quizás algún día nos enteremos.

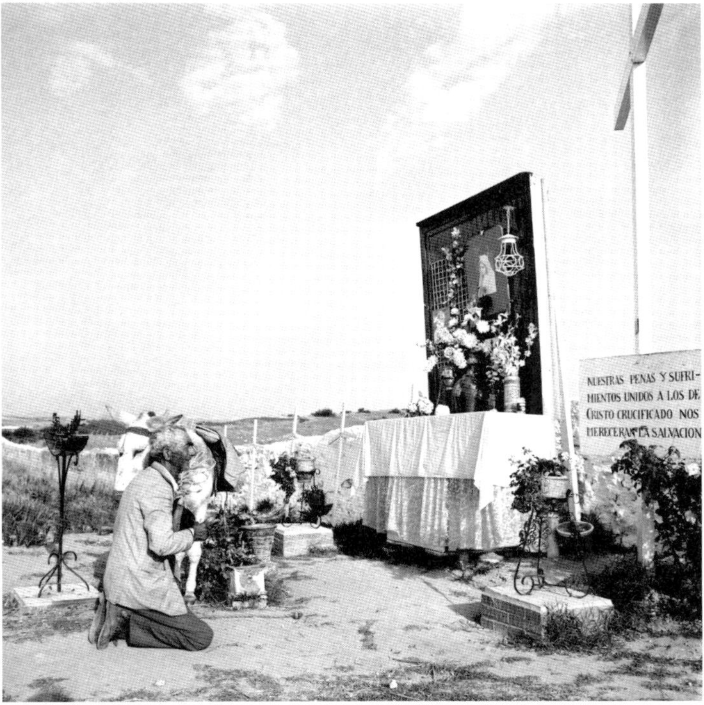
NUESTRAS PENAS Y SUFRI-
MIENTOS UNIDOS A LOS DE
CRISTO CRUCIFICADO NOS
MERECERAN LA SALVACION

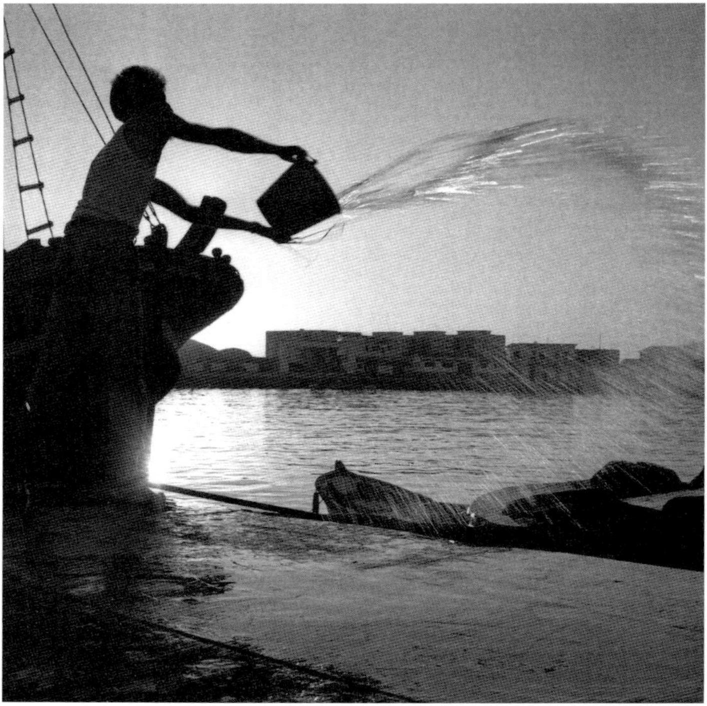

¡Agua va!
Tarifa. Cádiz

Esta es una de esas fotos que ves al momento. Estaba caminando cuando encontré a este pescador achicando agua y disparé; fue una de las primeras fotos buenas que hice, que a mí me llegaron a gustar, vamos.

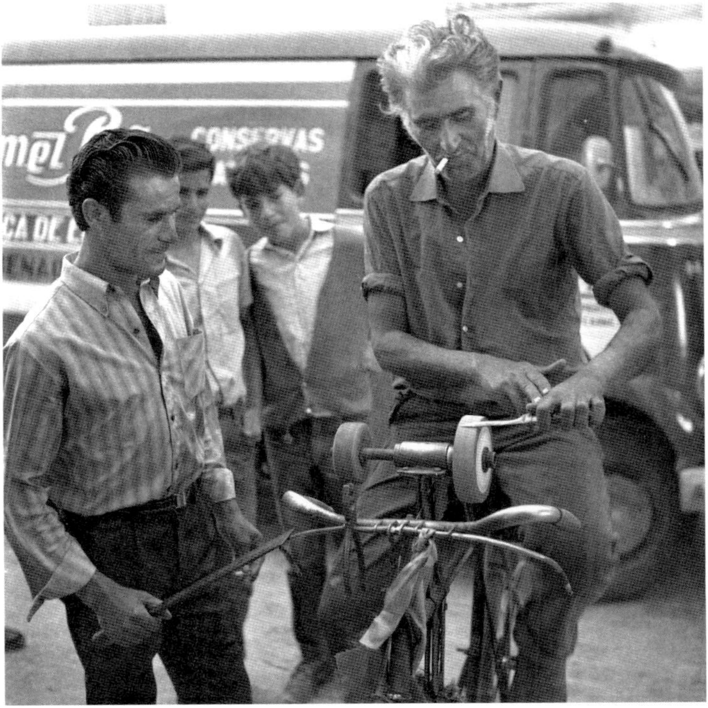

El afilador
Tarifa.Cádiz

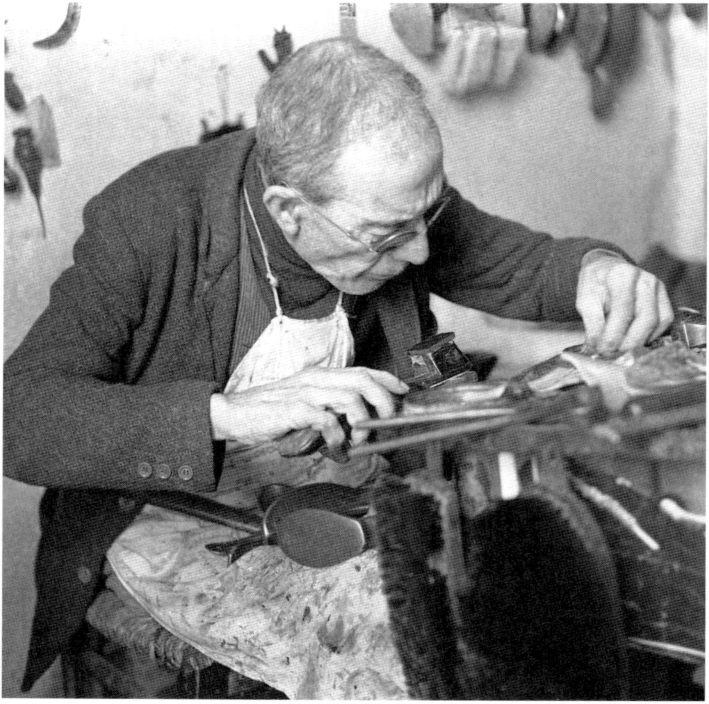

El gran Antonio
Tarifa. Cádiz

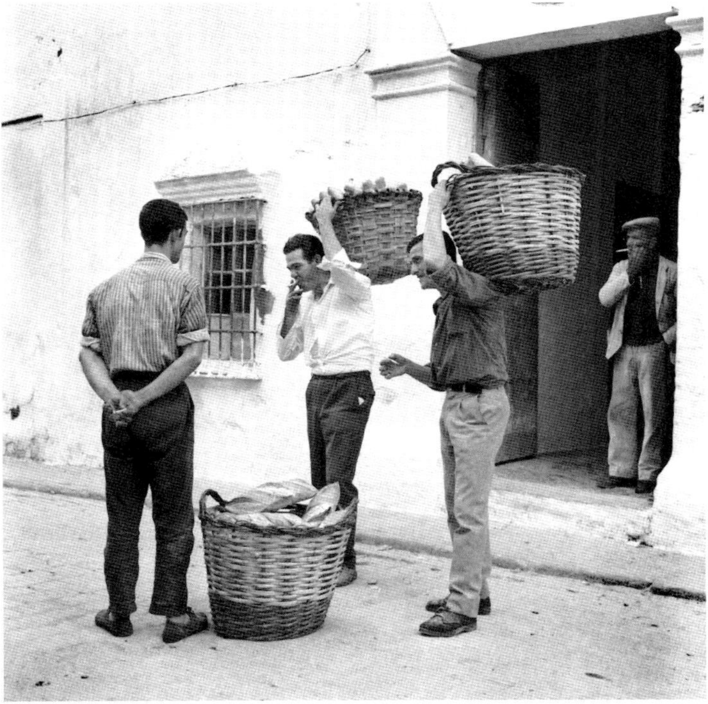

Recién hecho

Tarifa. Cádiz

Está tomada en mi calle; todas la mañanas pasaban con el canasto para vender el pan en el mercado dejando un rastro de olor a pan recién hecho. Yo tenía amistad con los panaderos y los paré para hacerles la foto, ellos aprovecharon el momento para echar un pitillo.

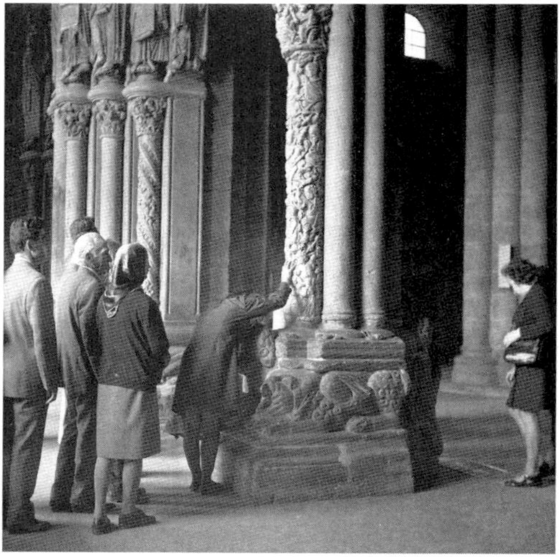

Aldeanas de Santiago
Santiago de Compostela.

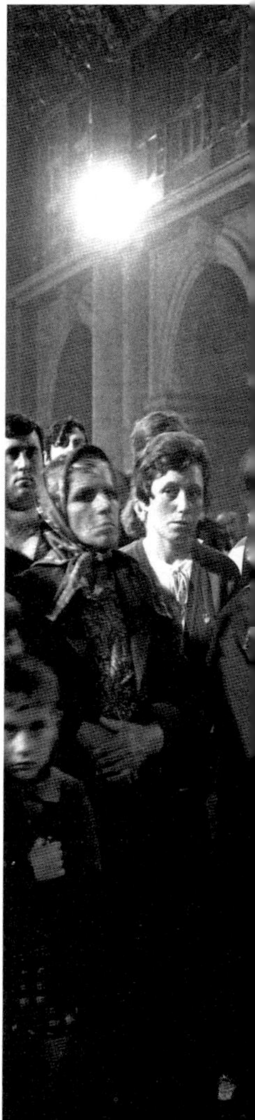

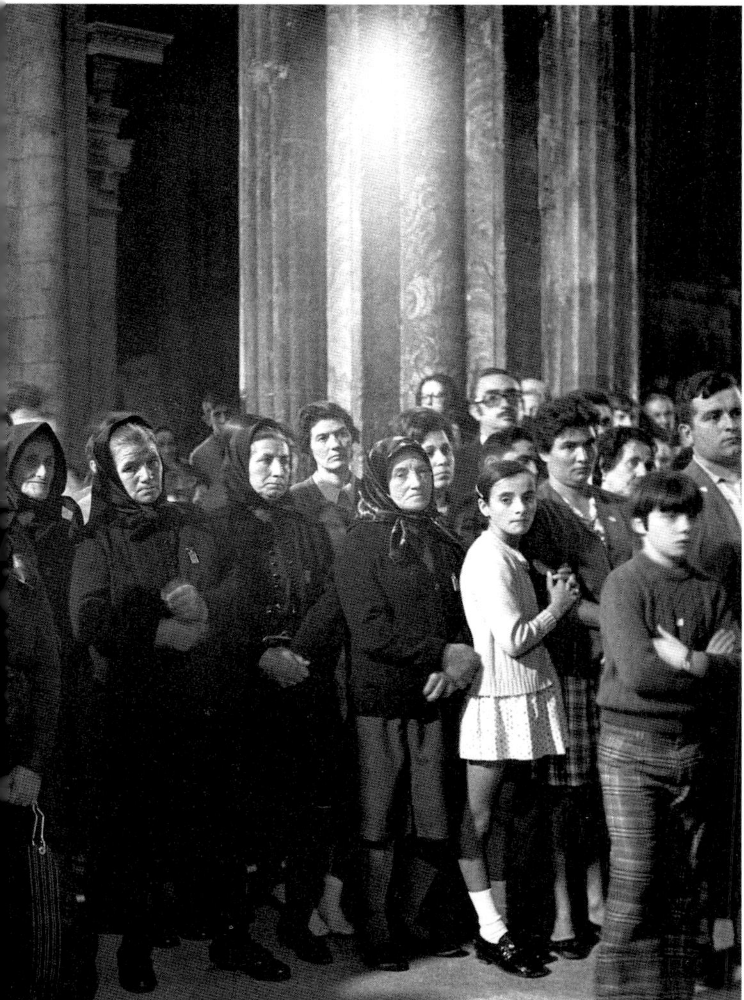

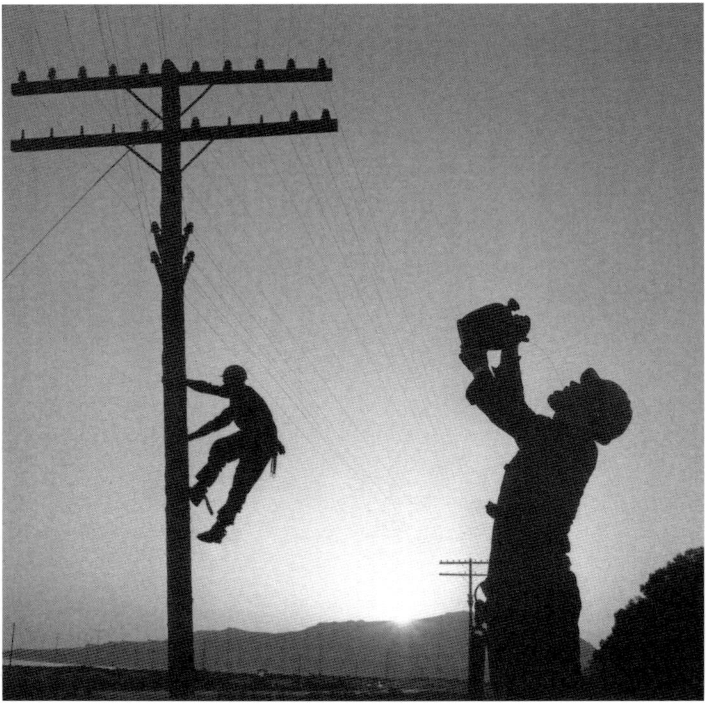

Fin de jornada
Tarifa. Cádiz

Resulta que estos señores, que estaban instalando las líneas de teléfonos, eran clientes del bar. Coincidió en aquella época que Telefónica había organizado un concurso sobre la empresa y como ellos venían todos los días a tomar sus copitas se prestaron en seguida. Tuve otra idea que me gustaba mucho más, los trabajadores instalando un poste junto al cementerio, pero de la foto sólo me quedó bien el título: "Donde las llamadas no llegan".

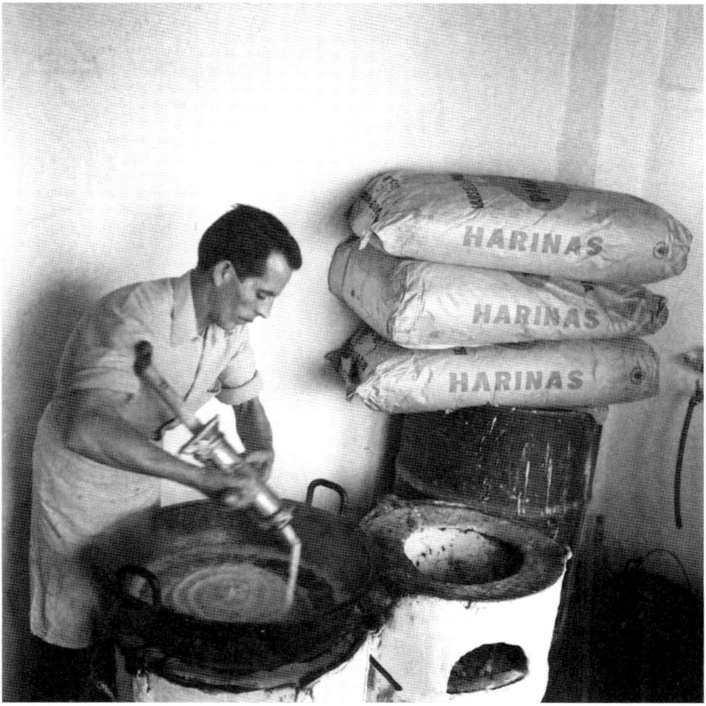

Tejeringos
Tarifa. Cádiz

Tenía amistad con Fernando, el churrero, y un día me dijo que le hiciera una foto; a mi también me apetecía tener un recuerdo de lo que son los churrros, que siempre me han gustado. A los churros aquí los llamamos tejeringos o calentitos. En algunos sitios los llaman calentitos, en otros porras, en otro… En cambio los churros buenos son los de los pueblos; el tradicional se está perdiendo, ahora todo se está automatizando y ya no es lo mismo, ya no están tan buenos.

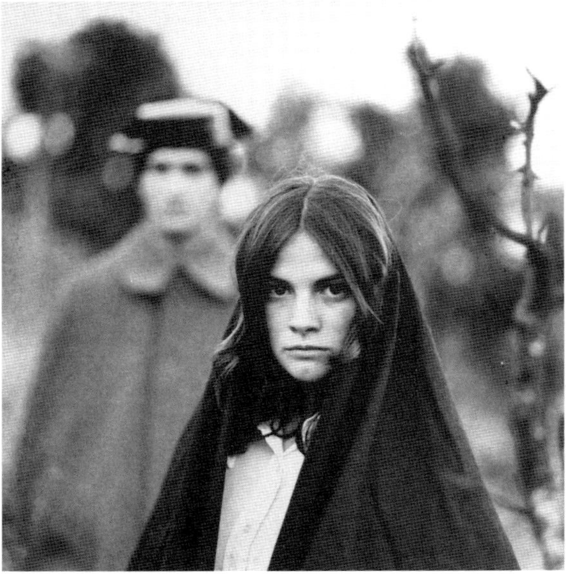

Manto y saya
Tarifa. Cádiz

Lorca ha sido un poeta al que he admirado mucho, y un día se me ocurrió, con el traje típico de Tarifa, el manto y la saya, representar la historia de su muerte, pero como ésta ha quedado tan oscura tuve que imaginármelo todo. Aquello fue gracioso, busqué unas amigas como modelos, preparé la iglesia y cuando me vuelvo encuentro a medio pueblo observando la escena en silencio. Luego coincidió que en Jaén había un concurso y mandé la trilogía, con miedo, porque aquella era otra época, incluso hubo quien me dijo que no lo hiciera; en fin, yo lo mandé y gané. Me dieron el premio de honor, un Lagarto de plata, y 25.000 pesetas.

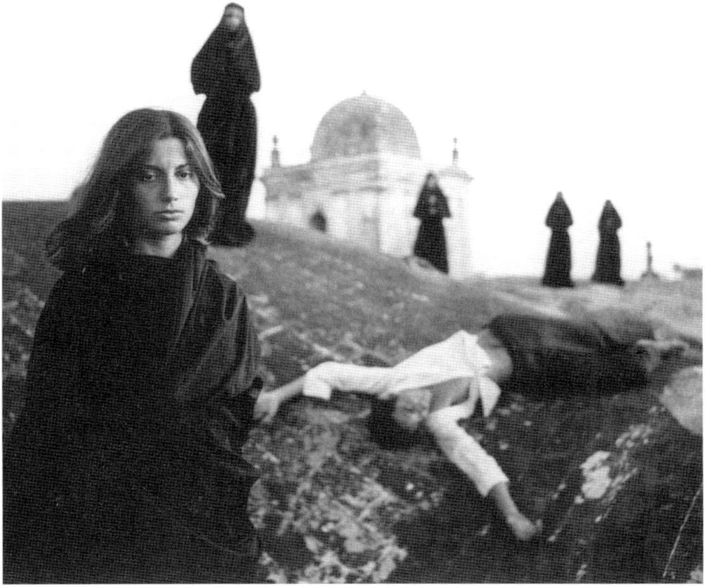

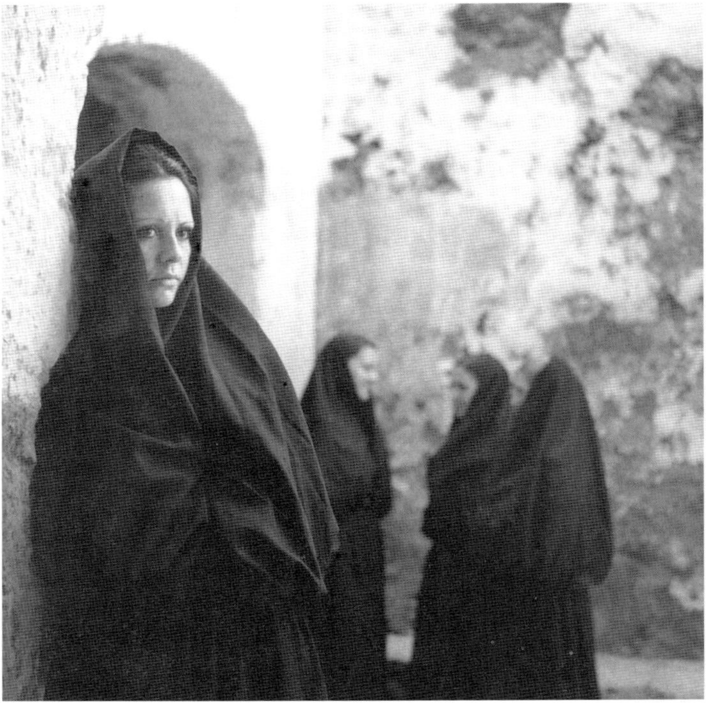

La casa de Bernalda Alba
Tarifa. Cádiz